Eu não sou macaco

Eu não sou macaco

Virginie Lou

Tradução Nilma Lacerda

EDITORA
NOVA
FRONTEIRA

Título original: Je ne suis pas un singe

Cet ouvrage, publié dans le cadre du programme d'aide à la publication, bénéficie du soutien du Ministère français des Affaires Etrangères.

Este livro, publicado no âmbito do programa de participacão à publicacão, contou com o apoio do Ministério francês das Relações Exteriores.

Editora Nova Fronteira S.A.
Rua Bambina, 25 – Botafogo – 22251-050
Rio de Janeiro – RJ – Brasil
Tel.: (21) 2131-1111 – Fax: (21) 2537-2659
http://www.novafronteira.com.br
e-mail: sac@novafronteira.com.br

CIP-Brasil. Catalogação-na-fonte
Sindicato Nacional dos Editores de Livros, RJ.

L918e Lou, Virginie
Eu não sou macaco / Virginie Lou ; tradução Nilma Lacerda. – Rio de Janeiro : Nova Fronteira, 2005

Tradução de: Je ne suis pas un singe
ISBN 85-209-1715-1

1. Literatura infanto-juvenil. I. Lacerda, Nilma Gonçalves. II. Título.

CDD 028.5
CDU 087.5

Para Hugo
Para Juliette

CAPÍTULO PRIMEIRO

A porta do vestiário se abriu com tal violência que as paredes pré-fabricadas estremeceram. Não vi nada, senti o coração bater. Quando percebi que o gordo Didier tinha entrado no nosso vestiário e que vinha pra cima de mim, o barulho do sangue que passava acelerado nas veias encheu minhas orelhas e abafou os gritos agudos das outras garotas.

O gordo Didier me agarrou pelos cabelos. Senti sua outra mão em cima de mim. Ouvi um elástico que arrebentava, sem compreender o que era. O ar gelou minha barriga. Uma ardência cortou minha coxa. Ele tinha tirado minha calcinha.

Somente depois disso é que o vi: já batia em retirada, em direção à porta. Muito vermelho, grudento de suor, gritava, me apontando com o dedo, como fazemos com os macacos, no zoológico. Meu ventre nu se enrijeceu. Uma corrente de ar gelado se enfiava pela porta, totalmente aberta. O gordo Didier se contorcia de rir. Dezenas de garotos metiam a cabeça na porta: suas bocas, escancaradas, gritavam e riam, como na frente dos macacos enjaulados, quando coçam a bunda. Não sei mais quais garotos olhavam. Não estou certa de tê-los visto bem.

Neste instante, o silêncio se instalava em minha cabeça. Um silêncio sem limites, como as imagens do deserto, mas plano: sem dunas e sem céu, sem areia nem cor.

A porta estava fechada de novo. Élise e as colegas dela, sem jeito, riam em volta de mim. Zoreh era a única que não ria. Passando pelo corredor, os garotos davam murros nas paredes finas, com risadas que pareciam uivos. As paredes tremiam: o ginásio inteiro ia desmoronar.

— Anda, veste de novo essa roupa! — me disse Zoreh, num tom irritado, fazendo um gesto para subir ela mesma minha calcinha. Eu a empurrei com força. Ela caiu de costas, bateu com a cabeça no banco. Sentada no chão, botou em mim os olhos-de-você-está-errada. Tenho vontade de dar um tapa nela quando me olha dessa maneira.

Subi eu mesma minha calcinha. Vesti a calça e a blusa. O apito da professora de educação física mostrava o grau da exasperação dela: sons superagudos e compridos, lançados com toda a força de seus pulmões. Em geral, tenho medo dela. Deixa os alunos de castigo, depois da hora, por qualquer motivo: se corremos longe demais, na frente — de castigo por uma hora; se ficamos para trás — de castigo por uma hora; se gritamos muito alto — de castigo por uma hora; se ficamos na nossa — de castigo por uma hora. O que ela quer é que se faça tudo igualzinho a ela, sem nos afastarmos: que fiquemos grudados nela. Em geral tenho medo, mas agora estou me lixando. Ela pode continuar apitando até explodir as bochechas. Zoreh-com-os-olhos-de-você-está-errada foi embora na frente sem me esperar. Amarro meus tênis. Dou os laços com todo o cuidado. Faço nós duplos.

Porque eu não sou macaco, vou estrangular um dia o gordo Didier com um cadarço como este.

Ele vai afundar lentamente na gordura daquele pescoço. O deboche vai ficar entalado naquela garganta, e a cara dele vai ficar toda retorcida. Suas pálpebras roxas vão crescer em volta dos olhos parados.

Quando entro no ginásio, a professora vem em cima de mim:

— Mas onde é que ela estava? Vejam só essa preguiçosa que fica morrinhando no vestiário. Ah, você dá de ombros? De castigo! Uma hora, pra começar.

É a primeira vez que fico de castigo. Normalmente, sou uma aluna muito bem-comportada. Tiro boas notas. Obedeço: sou comportada. Hoje, estou me lixando. Dentro da minha cabeça, alguma coisa estalou. Não foi a fúria que tomou o lugar da sensatez, não foi a raiva: foi o silêncio. Um silêncio determinado.

É preciso correr. Corro atrás da turma, que segue como um rebanho grudado na professora. Fora do ginásio faz frio. Um frio tão cortante quanto o cadarço com o qual vou estrangular o gordo Didier. Corro junto com os outros. Fecho os olhos. Não há nada para ver lá fora: as casas da cidade nova, agrupadas segundo o seu *status*, as mais ricas — com a fachada pintada de cor pastel — dando para o lago artificial que fede a esgoto; as mais pobres, já estragadas, alinhadas ao longo das ruelas com nomes de pássaros. Conheço todas as variedades de casa, todas as sutis diferenças de *status* que meu pai e minha mãe comentam — com inveja ou desprezo —, na hora do jantar, desde que moramos aqui. Corro no meio desse rebanho, em meio às respirações misturadas, aos pigarros, às tosses. Corro com os olhos baixos, para que o silêncio, dentro da minha cabeça, seja um pouco menos pesado. Zoreh me cutuca com o cotovelo.

— Tudo bem? — ela não tem mais o olhar-de-você-está-errada. Os grandes olhos negros, de iraniana, brilham docemente debaixo das sobrancelhas franzidas, que mostram a preocupação dela comigo. Não respondo nada. Não sorrio. Olho, somente: ela está muito longe.

Corro de olhos fechados. Não preciso abri-los para ver o gordo Didier na frente da fila, suas costas enormes, o pescoço grosso, a bunda grande, as coxas pesadas, de uma gordura que treme a cada passo que ele dá. Debaixo de minhas pálpebras fechadas, atrás da minha boca fechada, se acumula o silêncio que vai dar a mim — a mais tímida da turma — a força de matá-lo.

Imagino meu pai e minha mãe no tribunal, a sala com as paredes de madeira escura, os juízes com a toga negra, sem esquecer — como nos filmes — o fundo sonoro dos soluços de minha mãe, sufocados nas mãos dela.

Depois, as respirações e os passos perdem a regularidade. A professora grita para os que estão na frente:

— Mar-char! Inspirar! Expirar! Inspirar! Ex-pirar!

Prendo o ar nos pulmões o maior tempo possível, para expirar rapidamente na hora em que todos os outros inspiram.

Na frente, o gordo Didier dá risinhos. Seu colega Xavier — que pensa que é Rambo e veste calças de militar — se vira para mim. Ele me varre com o olhar, como se me visse ainda completamente nua no vestiário. Depois, dá uma cotovelada em Didier. Juntos, caem na risada.

Não fico vermelha. Antes, teria ficado. Agora não. Não escuto mais nada durante um bom tempo. Depois, Zoreh me cutuca:

— O que é que você tem? Você está doente? Por que não fala?

Não digo nada. Ela está muito longe de mim agora.

No tribunal, os juízes se espantam que uma garota tão frágil como eu (é a palavra que todos usam: frágil. Médicos, professores, vizinhos dizem para minha mãe a meu respeito: "Como ela é frágil!"), que uma garota tão frágil como eu tenha estrangulado dois garotos tão fortes como o gordo Didier e o Xavier, que pensa que é Rambo. Os soluços de minha mãe dobram de intensidade. Ela funga. Não olho para ela: estou certa de que tem o nariz vermelho e as pálpebras tão inchadas que não se vêem mais seus olhos. Vai dizer aos juízes, suspirando:

— E pensar que nós a educamos com amor! — e os juízes vão baixar a cabeça, as fisionomias abatidas.

— Corram! — grita a professora de educação física. Todo mundo começa de novo trotando, devagar. É para ganhar resistência.

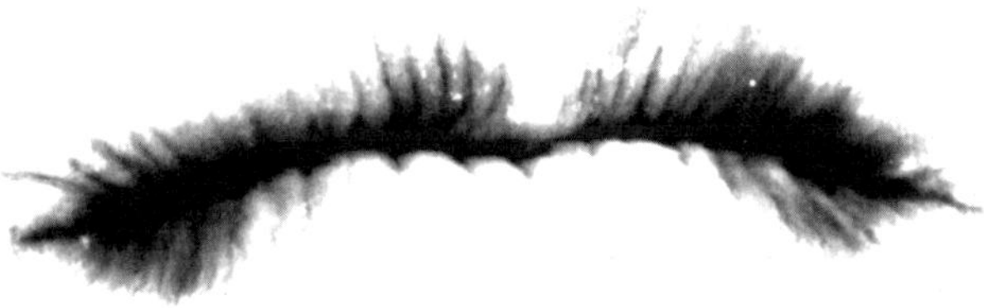

CAPÍTULO II

Depois da educação física e do recreio, temos aula de história. A senhorita Source adora a matéria que ensina. Narra a história, ruminando as palavras. De vez em quando, sem que se compreenda por quê, levanta os olhos para o céu, num encantamento — vindo da história, com toda certeza. Mas, mesmo na primeira fileira, de ouvidos alertas, só se podem distinguir algumas palavras nas ondas do seu murmúrio.

O gordo Didier a aterroriza. Bota cola nos sapatos dela, Liquid Paper no casaco azul-marinho.

Levanta-se bruscamente e grita, apontando para Xavier:

— Fodido! Professora! Ele me chamou de "fodido". O que é que isso quer dizer, fessora?

E ela fica vermelha, gagueja, se retira precipitadamente para trás da mesa, mergulha o nariz nos livros, com um ar desolado. É muito antiquada para responder ao gordo Didier. O colégio não é mais para a idade dela, que continua usando os métodos de outros tempos: antes de começar, costuma interrogar um dos alunos sobre a aula anterior.

Foi a mim que escolheu para ir ao quadro, talvez porque eu estivesse atrasada:

— Joëlle, quero ouvir você: "A filosofia das Luzes..." — ela deixa a frase em suspenso, convencida de que vou, como sempre — logo em seguida ao que falou e direto até o fim —, despejar todo o resumo. Eu me calo. Ela me olha com surpresa, desolada por me argüir no único dia em que não sei a lição, e vai ela mesma adiantando uma desculpa em meu lugar:

— Joëlle? Deu um branco em você? Você não pôde estudar a lição?...

Seria fácil fazer um sinal com a cabeça. Ela me mandaria para o meu lugar e com algumas palavras compreensivas apagaria esse incidente desagradável. Mas minha cabeça não se mexe. Não digo: "Sim", porque não tive nenhum problema, e porque sei de cor a filosofia das Luzes, Voltaire, Frederico II, o quadro da ceia no palácio Sans-Souci, que sempre aparece quando se fala desse assunto. Sei tudo sobre Diderot, a Enciclopédia, e sobre Le Breton, esse livreiro vendido.

A turma, impressionada com meu silêncio, se cala: um silêncio como nunca houve na aula de história, pesado. Disfarçadamente, todos estão adorando: acontece, enfim, alguma coisa na aula. Cada um se prepara para o drama. A professora me olha com espanto:

— Joëlle, você está passando mal? Quer sair? Quer ir à enfermaria?

Olho para ela também, olho fixo, incapaz de baixar as pálpebras. Tento baixar a cabeça para esconder meu olhar: a nuca resiste. Nem uma palavra pode chegar à garganta: a passagem está impedida. Isso não dói. Não tenho um nó na garganta. As palavras simplesmente não passam.

Um risinho do gordo Didier atravessa o silêncio. Um vento frio enregela minha barriga, como se ela ainda estivesse nua, exposta à corrente de ar. A professora fareja o perigo: é preciso acabar com aquilo o mais rápido possível. Manda eu voltar para o meu lugar, resmungando:

— Bem, bem, bem, bem... não faz mal, não mesmo; bem, bem, bem...

Um suspiro de decepção atravessa a sala: definitivamente, a senhorita Source não tinha jeito, nem mesmo para o drama. Vou para o meu lugar, ao lado de Zoreh. Meu corpo está cortado em dois: no alto, a cabeça repleta de silêncio; embaixo, o ventre nu, gelado pela corrente de ar. Pouco a pouco, tudo volta à ordem. A professora começa a despejar o fluxo murmurante da história, enquanto um barulho discreto se instala. Vez por outra, algumas palavras vêm à tona: "...abolição da escravatura... igualdade entre as pessoas de um mesmo povo... democracia... vitória da Razão...", logo depois as frases mergulham de novo e se afundam no mesmo glugluglu. Um pouco depois, sobem à tona outra vez. Duas palavras jorram, e todas se fundem rapidamente num marulhar surdo.

Todo mundo cochicha, inclusive os melhores alunos, como Élise, mas ninguém exagera: mesmo sendo bem velha, com pelo menos quarenta anos e um *look* incrível, a senhorita Source é bastante querida. O gordo Didier é o único a exagerar. À minha direita, na mesma fileira que eu, ele — que só respeita o medo — fala e ri alto. Minhas orelhas ficam na escuta do que diz. Como radares, elas podem, a todo momento, saber onde ele está.

Zoreh toca na minha mão:

— Você está com medo de contar a seus pais do castigo?

Olho para ela sem responder. Parece tão mudada hoje. Todos os rostos me parecem mudados. O distanciamento de Zoreh me faz mal. Queria encolher e caminhar até a beira dos olhos dela, escorregar entre seus cílios espessos e ficar, microscópica, na margem da superfície negra e morna.

— Fale um pouco. Só uma palavra — ela pede. Não respondo. Não posso dizer a ela que as palavras não passam pela garganta, que não quero fazer o menor gesto, porque estou economizando minhas forças para o dia em que vou matar o gordo Didier e seu colega Xavier, que acha que é Rambo.

É preciso sair agora. O sinal deve ter tocado. Todo mundo arruma suas coisas. Na frente da minha carteira, à altura de meus olhos, se levanta tal qual uma muralha a barriga do gordo Didier, que sai para o corredor de entrada. No pulôver dele, o bordado de um cachorrão barrigudo, abrindo a goela enorme, a carne vermelha num monte de pregas, de onde saem dentes agudos. O cachorrão segura a cabeça com uma pata. A outra está aberta na frente dele: um camundonguinho, apavorado, foge.

Foi isso que ele quis fazer comigo. Ele, o cachorrão, deixando fugir o ratinho quando lhe der na telha. Mas eu não sou camundongo. Tampouco sou macaco. No meu silêncio, junto forças para matá-lo. Olho para ele, que fica de risinho pra cima de mim. Meus olhos não se baixam. Meus lábios não esboçam um sorriso, um ar de censura. Meu rosto não diz nada. Não digo nada. Então o gordo Didier ri mais forte e alcança Xavier, que anda jogando os ombros para a frente como o Rambo. Ele se debruça e diz qualquer coisa ao ouvido do outro. Rambo se volta para mim, as pernas afastadas, as mãos nos grandes bolsos da calça de militar. Olha para mim fixamente e, devagar, para que eu o veja bem, torce o rosto numa careta, estica o lábio inferior para frente como se fosse cuspir. Dentro de mim, o silêncio treme.

Mais uma vez, o vento frio enregela meu ventre. Vai ser preciso, primeiro, isolá-los, para matá-los, um depois do outro. Aqueles que se vingam fazem sempre assim, nos filmes. Observam a caça, seus hábitos do dia-a-dia, os momentos em que fica só. E, uma noite como as outras, bang! Dão cabo dela. Mas, nos filmes, o vingador está sempre armado. Como posso encontrar uma arma? Nem meu pai nem meu avô caçam — por causa de Deus, misericordioso para com todas as suas criaturas... Veneno? Só conheço o de matar ratos: uns granulados de cor rosa vivo, difícil de esconder no purê... Adormecê-los com soníferos e estrangulá-los? Isso dos soníferos seria fácil: os comprimidos são bem pequenos. Minha mãe tem tantos que eu poderia pegar uma caixa sem problema. Mas, e para estrangulá-los? Será que eu teria economizado a força necessária?

"O melhor plano se impõe naturalmente" é o que sempre diz o professor de francês para as redações. Com o crime é semelhante. É preciso esperar muito tempo pela evidência.

No refeitório, já prestei bem atenção como fazem. Chegam por último, empurram os pequenos e se põem na frente deles. As inspetoras intervêm.

Mas os dois têm tantas horas de castigo que já nem vale mais a pena. Xavier abre passagem pelo meio deles com os quadris, que joga prum lado e pro outro. Bate nos meninos. O gordo Didier, atrás, não precisa disso. Os pequenos fogem quando ele chega. As inspetoras os alcançam, e são eles que vão ficar de castigo, porque saíram da fila. Eles choram, principalmente os da quinta série: ainda não aprenderam a ser duros. Na frente da fila, os dois valentões falam alto. Insultam os colegas:

— Então, Moisés! (É Samuel, que chamam de Moisés porque os pais dele são judeus. O gordo Didier conhece tudo de religião: inventou o apelido que Xavier repete, sem compreender.) Todos os dias, Samuel, que é pequeno e roliço, ouve o gordo Didier gritar:

— Você ainda vai comer, paquiderme? Devia estar de regime.

Ele fica vermelho, baixa a cabeça porque todo mundo olha para ele, mas continua amigo dos dois. São gozados os meninos: se insultam, mas continuam amigos. Xavier e o gordo Didier berram:

— Não vai abrir, não? — batendo nas portas do refeitório, fechadas a chave. Ameaçam quebrar os vidros.

Os vidros! Eis uma outra idéia: com um pedaço de vidro cortante abro as veias deles. Já vi mais de dez vezes num filme na televisão a mulher que quer cortar as veias com um vidro quebrado. Mas é preciso, logo em seguida, deixar os punhos dentro da banheira — minha mãe garantiu —, senão o sangue coagula. O problema é a banheira. Só conheço uma, na casa de Zoreh: que pretexto inventar para atrair Rambo e o gordo Didier até a casa dela, e chegar perto da banheira?

Decididamente, falta naturalidade a meus planos.

No refeitório, Zoreh já sabe o que fazer. Quando falam comigo, ela responde em meu lugar. Élise, de longe a mais bela e a mais rica do colégio — mas bem gentil —, vem "saber notícias minhas", porque tenho hoje "um ar tristonho". Zoreh, que detesta aquela educação de moça fina, se intromete:

— E daí? Deixa ela em paz! Não é proibido se calar, não? Estamos numa democracia.

Democracia é a única palavra que Zoreh guardou da aula da senhorita Source hoje de manhã, porque é por causa dessa palavra que ela e os pais foram obrigados a fugir do país deles.

As palavras não podem sair de minha boca, o bife não pode entrar. Está malpassado. Quando se põe o dedo em cima dele, quando se espeta com o garfo, o sangue escorre. Meu estômago faz “glup” como se quisesse sair, dar um jeito de estar do lado de fora, quando o bife entrar. O sangue escorre para o purê, que fica marrom sujo. Meu estômago se revira para não receber essa coisa. Isso do sangue nojento vai acontecer quando eu matar o gordo Didier e Rambo? Já é um espanto o que um coelhinho — como esses que minha avó de Sologne mata — pode ter de sangue, um corpo enorme como o de Didier então! Litros e litros, derramados sobre os tapetes de folhagens com pássaros da senhora Karmzadeh, mãe de Zoreh!

Depois do almoço, na aula de francês, imitando minha voz frágil, Zoreh responde — sem pensar — “presente” em meu lugar. Mas o senhor Masson deve ter sido avisado pela senhorita Source. Ele pergunta:

— Quem disse “presente”? — me olhando nos olhos.

Não digo nada. Zoreh diz que foi ela. Ele põe em cima de mim seus olhos de veludo bem negro como os de Zoreh, mais negros mesmo que os dela, por causa dos bigodes. Olho para ele. Nenhuma palavra me vem para responder. Acima de tudo, não tenho força para abrir a boca, mexer os lábios, pensar numa resposta da qual o gordo Didier não possa rir. O professor insiste: quer saber por que não respondi. Não digo nada. Por fim, cansado e até um pouco irritado, diz que quer falar comigo depois da aula. É, apesar de tudo, curioso que os adultos — inclusive os mais gentis — sejam severos assim. Não escuto nada na aula. E não é porque esteja sonhando. Minha cabeça continua absolutamente vazia, atravessada pela corrente de ar. Faz um frio terrível dentro dela. No fim, tenho que ir falar com o professor. Os outros saem, me aproximo da mesa. O senhor Masson preenche os diários de classe. Quando a sala fica vazia, ele me diz:

— O-que-é-que-há-de-errado-você-está-com-problemas?

E passa em revista todas as fontes de problemas possíveis, do ponto de vista dele, para uma garota como eu. Ele não entende nada. Sinto que gostaria que eu fizesse ao menos "não" com a cabeça, que o guiasse, dizendo: "Está quente" ou "Está frio". Não tenho nada a dizer a ele. Cada um com sua cruz — como diz mamãe, suspirando. Ele vai me fazer chegar atrasada na aula seguinte; e, ainda por cima, vou ter que me explicar. Ele me olha com um ar mais e mais desolado, repetindo que não quer me prejudicar, mas somente me ajudar. Não preciso de ajuda. Só precisaria dele para arrastar os corpos desacordados do gordo Didier e de Rambo até a banheira da senhora Karmzadeh, e ele, na certa, não gostaria de fazer isso. Seria mesmo capaz de me denunciar. Parece cada vez mais irritado. Os olhos de veludo ficam completamente amarfanhados. Ele arruma suas coisas com gestos bruscos. Os trabalhos caem e se esparramam. Abaixo para ajudá-lo a pegá-los, mas ele recusa:

— Vá embora!

Na aula de matemática, tenho que me explicar:

— Onde é que você estava? — me grita a senhora Beauchamp, uma gralha magra e rabugenta, que não sabe o que é sorrir. Zoreh se adianta para responder em meu lugar:

— Foi o senhor Masson, professora, que a...

— Cale-se, não é a você que estou perguntando. Vamos lá, estou esperando uma explicação!

Continuo calada. Ela insiste. Ameaça. Afirma que não é, de jeito nenhum, como a senhorita Source. É uma beleza a solidariedade do corpo docente. Vou ganhar minha hora de castigo se teimar em ficar calada — promete de maneira convincente a senhora Beauchamp. A magreza dela enche de rugas a pele envelhecida. As sobrancelhas cinzentas se juntam, formando uma barra acima dos olhos redondos e minúsculos, que piscam sem parar. Com um ar malvado, ela avança o pescoço:

— Uma hora de castigo, depois da saída, para soltar a sua língua!

Ouço o suspiro desanimado de Zoreh: duas horas de castigo no mesmo dia! Meus pais vão me matar!

A senhora Beauchamp pede para eu recitar a lição. Fico calada. Olho nos olhos dela. Eu a estou provocando. Até onde pode ir a maldade dela? Ela é pior que o gordo Didier. Está vermelha de raiva. Não suporta a idéia de não conseguir me dobrar, logo eu, a mais tímida e a mais frágil da turma. Se eu, justo eu, não me dobro diante dela, quem se dobrará? Sua pele velha se franze e se encolhe nas bochechas. É um terremoto que devasta sua cabeça de gralha velha. De repente, não se contém: me agarra pelos ombros e me sacode com violência. Queria, visivelmente, me esbofetear. Mas não tem o direito de fazer isso e a senhora Beauchamp respeita a lei mais que tudo. Treme de ódio... Ela me chama de descarada, de dissimulada, de hipócrita, de todos os adjetivos pronunciáveis numa sala de aula. Olho para ela e me calo. Um prazer novo escorre como água fresca em meus olhos. Jamais pensei possuir um poder como esse. Continuo olhando para ela bem dentro dos olhos. Com uma atenção extraordinária, examino os mínimos recantos, quero conhecer de cor esta cabeça de pássaro velho. Quer dizer que eu — a mais frágil e a mais tímida — posso acionar este cataclismo, apenas por me calar? Percebo que todos na turma olham o espetáculo com terror e piedade. No futuro, serei uma grande trágica. Mesmo ao gordo Didier deve espantar que eu não baixe os olhos, ainda que ela me ameace de tudo, até mesmo de ir ao conselho disciplinar. "A aluna Joëlle Mottaz será convocada perante o conselho disciplinar pelo seguinte motivo: recusa de baixar os olhos."

É brincadeira uma coisa dessas. Não vivemos mais como antes da revolução de 1968 — como nos explicou, outro dia, o amigo barbudo do senhor Karmzadeh. Por vezes, é apaixonante a história. A senhora Beauchamp mete os pés pelas mãos com seu conselho disciplinar. Sem fôlego para continuar, e também por não dispor de mais argumentos nem de adjetivos de reserva para me jogar na cara, ela me manda pra secretaria.

Quando um aluno é enviado à secretaria, toda a turma fica com medo. São sempre os mesmos que vão para lá: os "cabeças-duras". Na hora em que a senhora Beauchamp pronuncia a palavra "secretaria", um murmúrio de reprovação corre pela turma como uma onda. Zoreh — com bastante vocação para a tragédia, em função das próprias origens — deixa escapar um "Oh, não!" desesperado. Com a voz silvando entre os dentes, a professora ordena silêncio.

Saio em meio ao silêncio. Atravesso os grandes corredores. Nunca os tinha visto vazios antes, mas sempre cheios de garotas conversando em volta dos aquecedores, nas horas de recreio, e de garotos que brigam, que se empurram, que correm gritando. Sem as pessoas, os corredores parecem capelas antigas. A luz vem dos postigos, no alto. Os passos ressoam. O burburinho do mundo só chega aqui amortecido.

A secretaria fica no térreo. Tenho tanto medo que o silêncio na minha cabeça estremece e marulha barulhento.

Ao abrir a porta, se dá de cara com a senhora Diélo, a orientadora educacional. Não tem nenhum espaço entre a porta e a mesa dela. Daí vem — com certeza — a impressão de sermos aspirados. A porta bate atrás de mim. A senhora Diélo me olha com ar bondoso, convencida de que um professor me encarregou de fazer alguma confidência administrativa urgentíssima a ela. Não digo nada. Não tenho nenhuma palavra na cabeça, nem mesmo um vestígio de sílaba. Ela é tão gorda que ocupa toda a largura da mesa. Chega a tapar a janela, atrás dela. Os pés inchados transbordam dos sapatos. Ela não fala nunca. Ruge e, quando quer ser gentil, ruge mansinho.

— O que é que você quer, minha pequena Joëlle? — rugiu, com doçura.

Não digo nada. Apenas olho para seus pés enormes, os tornozelos grossos como minhas coxas, os joelhos monstruosos, e, mais acima, os seios depositados na mesa; de um lado e de outro, as mãos tão grandes que poderiam me achatar como uma mosca. Tomo um susto quando ouço o barulho da palma da mão dela batendo na mesa.

— Rápido, minha pequena Joëlle. O que é que há? Não tenho tempo a perder.

Não digo nada, olho nos olhos dela. Já está franzindo as sobrancelhas. Como muitos gordos, é bastante nervosa. Uma coisinha de nada e perde a paciência. Pronto, já perdeu.

Durante uns bons cinco minutos, faz exercícios de estilo à moda do escritor Queneau. Inicialmente, conciliadora:

— Então, o que é que você tem a dizer? — em seguida, usando de humor: — O gato comeu sua língua? — depois, a sedução: — Tem medo de mim? Vamos, vamos, eu só sou má para os malvados. Você é tão obediente, não tem nada a temer...

Inquiridora, também:

— Será que você fez alguma maldade, hã? Anda, fala! — não hesitando em bancar a mulher de negócios: — Anda, anda, filhinha, tenho um encontro em cinco minutos com o inspetor, não tenho tempo a perder! — passando de gorda gata ronronante: — Vai em frente, filhinha, não tenha medo de nada, sei que é impressionável, mas não precisa ter medo de mim, também sou boazinha... — a tigresa enraivecida: — Bem, chega. Diga o que tem para me dizer ou volte imediatamente para sua aula com uma hora de castigo por me ter feito perder tempo.

Fico calada. Sei muito bem que não deveria, que deveria sair do silêncio, que isso vai acabar mal. Mas é como na auto-estrada: quando a gente se engana de direção, é impossível dar meia-volta, tem que esperar a próxima saída.

A senhora Diélo perde as estribeiras, literalmente. Ela se levanta da mesa de um salto, como um animal ferido de morte:

— Esta brincadeira já foi longe demais! Você acha que o Estado me paga para lidar com sirigaitas da sua laia? — ruge ela com tal intensidade que o diretor, habitualmente invisível, pula fora do gabinete vizinho. Tem um sorriso incrédulo ao me ver:

— Mas é nossa pequena Joëlle que enraivece a senhora Diélo? O que ela está fazendo? — acrescenta, voltando-se para a pantera, que explode:

— Tem quinze minutos que ela está plantada aí sem me dizer uma palavra! Não sei nem o que veio fazer aqui. Deveria estar na aula de... matemática! — acrescenta, após uma hesitação imperceptível: a senhora Diélo se vangloria de poder, da mesma forma que o computador, recitar todos os horários de todas as turmas, a qualquer hora do dia.

O diretor passa a mão no meu ombro e me leva para seu gabinete. Fecha a porta. O ar de lá é mole, pegajoso, por causa do carpete grosso e das portas acolchoadas. Ele diz que quer ser um pai para todo mundo aqui, mesmo para os professores, e, sendo assim, devo falar com ele. Fico calada. Olho para ele. Faz um ar aborrecido, mas, no fundo, a situação não é de seu desagrado. Está à vontade com essa idéia de pai-de-todo-mundo. Fala de sua carreira, da dedicação a este grande navio de que é o capitão — ainda que seja magro e barrigudo, coisa que nunca vi nos capitães —, e que, além da calvície e do nariz grande, tenha olhos pequeninos: como poderia examinar o horizonte com sua luneta, tendo olhos assim?

Depois, batem à porta: é a senhora Diélo acompanhada da senhora Beauchamp, que se dá ares de rainha porque está entrando no gabinete do senhor diretor. Ela balança sem parar a cabeça estreita e encrespada de velha galinha míope. Os três, agora, todos juntos e de acordo, cacarejam, rosnam, rugem, miam, urram, grunhem, pipilam, gritam, arrulham os exercícios de estilo à Queneau sobre o tema: "Será que você vai acabar falando?" Depois o diretor pronuncia à meia-voz a palavra "psicólogo". Súbito, uma luz de heureca atravessa os olhos deles, suas bocas se fecham com alívio porque não sabem mais realmente que estilo inventar. Eles me fazem sair, com fisionomias de conspiradores, depois de terem perguntado a que horas meus pais voltam para casa, de noite. Tive a impressão de ter acionado um mecanismo invisível, cujos pistões, rodas, engrenagens, correias vão transmitir movimento à gigantesca máquina destinada a me triturar.

Mas vou continuar calada.

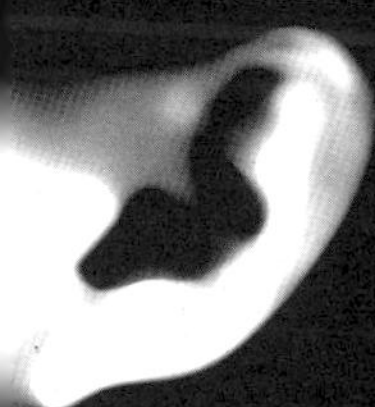

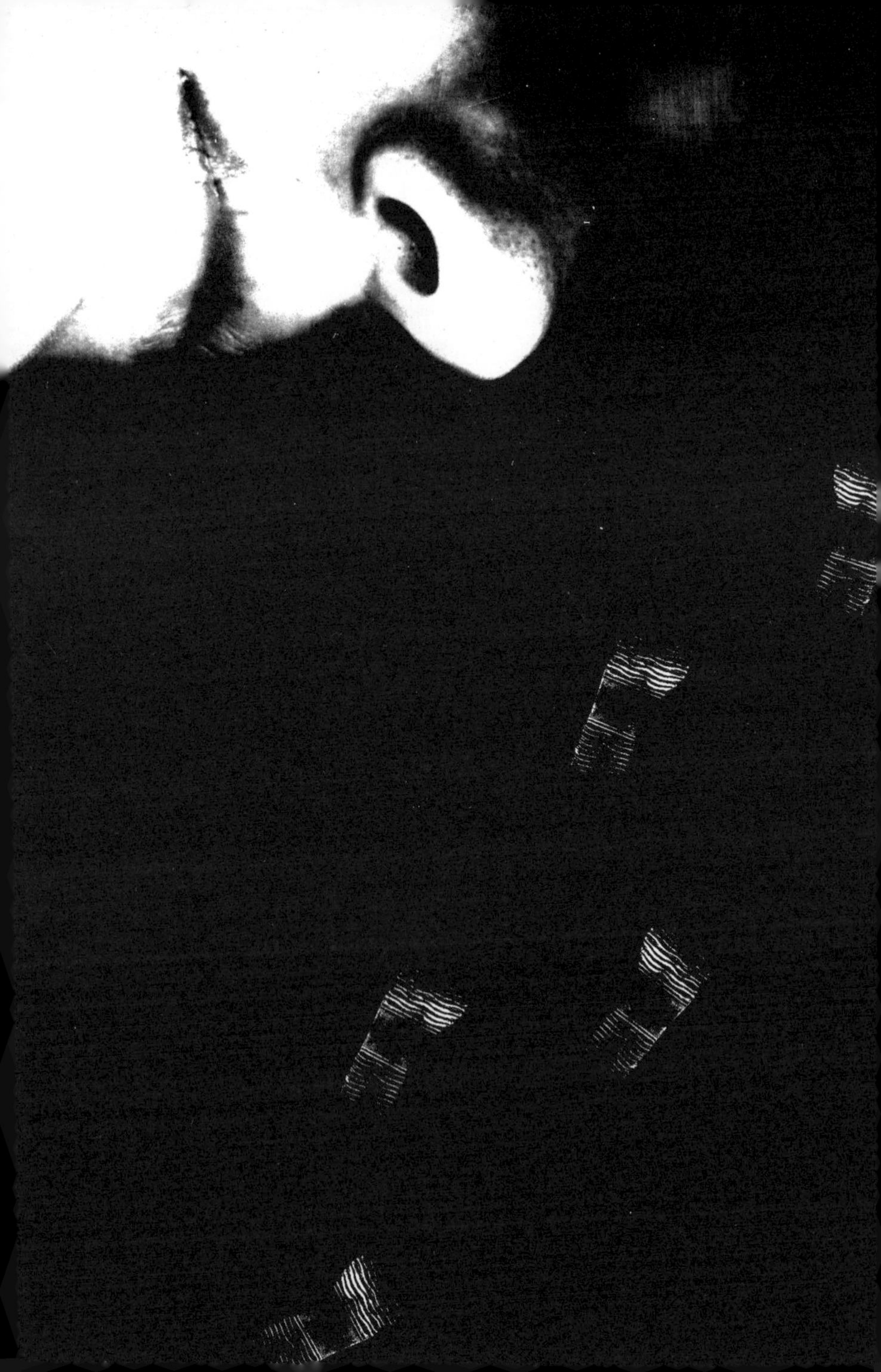

CAPÍTULO III

Não é noite fechada ainda. Atrás das casas, atrás do bairro do Lago com suas casas de fachada cor-de-rosa, atrás dos conjuntos habitacionais cheios de rachaduras do Noyer Pérot, atrás dos canteiros de obras do novo bairro, atrás dos rolos de fumaça da refinaria de açúcar, no fundo da planície nua, sem árvore, sem nada, fico acompanhando — da janela de meu quarto — os raios vermelhos deixados pelo sol. As sirenes de polícia lançam fachos de luz laranja e azul, um turbilhão rasgando a cidade, como nos filmes americanos. A gente daqui gosta da polícia, que garante a segurança da propriedade. Os policiais adoram fazer barulho e mostrar seus grandes giroscópios — todo mundo fica contente.

Lá embaixo, meu pai acende a luz. Grita com Frédéric, que está vendo televisão, em vez de fazer os deveres. E, no entanto, foi meu pai que ligou a televisão. Ele sabe que se liga a televisão, os olhos de Frédéric são atraídos por ela, como se a tela fosse um ímã. Meu pai, porém, continua a ligá-la, assim que se levanta de manhã, assim que chega em casa, de noite. Ouvimos o noticiário cinco vezes por dia. Sabemos de cor tudo o que dizem, mesmo se não prestamos atenção.

De toda forma, meu pai tinha, ao chegar, a voz dos dias ruins, causada pelos colegas que tinha vontade de matar, pelo sádico do patrão, e, para completar, pelos engarrafamentos — sem misericórdia, sem paz na Terra aos homens de boa vontade. Mesmo que o diretor da escola não tivesse telefonado, ele teria encontrado um pretexto para descontar em cima de mim. Não sei o que conversaram. Meu pai veio direto ao assunto: o que estava acontecendo pouco lhe importava; queria somente que eu dissesse uma palavra, que pronunciasse qualquer palavra.

A obediência de uma filha a seu pai é coisa que não se discute. Ou eu pronunciava esta palavra logo ou eu ia ver. Não tinha necessidade de especificar o que eu ia ver. Ele nunca me bateu e, no entanto, sei que poderia fazê-lo. Manda eu dizer uma palavra, qualquer uma. Grita cada vez mais alto. É logo arrebatado pela cólera. Manda que eu baixe os olhos. Ainda que deva economizar todas as energias possíveis e juntar minhas forças para matar o gordo Didier, não quero ceder baixando os olhos. Isso é algo que não posso mais fazer agora. Ele pensa que eu o provoco, que estou zombando dele. Está enganado. Olho pra ele, apenas isso. Vejo o cansaço dele, na pele cinzenta, em que as veiazinhas estouram como fogos de artifício nas maçãs do rosto e sobre o nariz. Vejo que ele bebe muito, por causa das prestações da casa, do patrão, dos colegas, e, para completar, dos engarrafamentos. Vejo que está sem forças contra a própria cólera, que queria me bater, me esmagar contra a parede, não me ver mais. É por isso que me manda para o quarto sem comer, até amanhã: para resistir à vontade de me bater.

Aqui do alto, olho para o lugar em que o sol desapareceu: entre a chaminé da refinaria e uma linha vertical, fina, sobre o horizonte, um poste elétrico, talvez. As luzes dos giroscópios são camundongos luminosos, subindo pelas fachadas das casas. A porta da cozinha e a porta da entrada batem com força, uma atrás da outra. Minha mãe deixa escapar um gemido. Na garagem, meu pai mexe nas ferramentas do jardim.

Uma enxada! É isso mesmo! Eu podia atirar uma enxada na cabeça do gordo Didier, bem entre os olhos dele. Ele ia desabar, eu não veria o sangue. Mas preciso treinar para adquirir a força e precisão de um lançador de dardos.

Essa idéia da enxada me agrada. Simples, natural, ela se impõe por isso mesmo — como diria o professor Masson. Precisaria praticar um esporte. Mas qual? O lançamento de dardos é só pros garotos. O atletismo? Ia precisar me inscrever na Associação Esportiva. Mas claro! A Associação Esportiva! O gordo Didier é sócio de lá. Assim, eu teria uma oportunidade a mais de vigiar os gestos e de registrar os hábitos dele. Mas como é que vou fazer para me inscrever no meio do ano? Se insistir, frágil como sou, vou levantar suspeitas. E, além disso, como vou insistir sem falar? Melhor que atletismo (meus pais — frágil como sou — não vão concordar nunca) seria fazer ginástica olímpica: barras fixas, barras assimétricas, trave, corda. Esporte feminino, mas completo: força e leveza.

O fato de haver encontrado o que procurava me dá um horizonte triunfal. O sol lança os últimos raios de fogo. A sombra que avança vai trazendo paz às ruas, amacia as arestas da cidade nova, atenua o barulho das sirenes. O horizonte triunfal — belo tema de redação!

Debruço meu corpo na janela e vejo, à esquerda, as primeiras casas do bairro Morsant, em que mora o gordo Didier. É preciso pôr em prática a primeira parte de meu plano: tenho que espioná-lo; que nenhum de seus gestos me escape, que possa recitar a lista completa de seus hábitos, que saiba de cor o mapa de todos os trajetos dele pela cidade.

Já escureceu completamente. A janela da cozinha está apagada. As vozes que estou escutando são do filme. Meus pais teriam ido dormir deixando a televisão ligada? Não faço idéia da hora.

Não vou encontrar dificuldade para sair de casa. No primeiro andar, tem uma boa janela, a do banheiro, que dá para o telhado da garagem. A parede da frente da garagem, na outra ponta, é coberta até o alto por uma treliça na qual prendemos as pereiras: ela vai me servir de escada. O mais difícil é andar pelo telhado da garagem sem se deixar ver, nem fazer barulho, nem — principalmente — quebrar as telhas. A música do filme se espalha pelo jardim. Assim que meus pés tocam o topo do telhado — todos os violinos do filme me suspendem no ar. Eles dão leveza a meu corpo, emprestam uma força incrível a meus braços. É uma outra garota, e não eu que estou fugindo de casa. Todas as palavras que retive ao longo do dia liberam sua energia em minhas veias e em meus músculos. Desço a treliça de arame sem machucar um só ramo de árvore. Como tudo fica simples, quando se tem força! Salto ligeira na grama... Corro... Não como hoje de manhã, para ganhar resistência, embrutecida pelo martelar de quarenta pares de tênis raspando o piso do ginásio, mas, ao contrário, aérea, no silêncio da noite. Todo mundo está dormindo, todas as janelas às escuras, sequer um retardatário nas ruas. As solas elásticas de meus tênis saltam no asfalto liso. Conheço os nomes de todas as famílias que moram nessas casas: são meus colegas de turma, os Sérabieux, os

Magalian, os Orlaville... Passo na frente da casa de Zoreh, a única de toda a rua a estar ainda acesa. O senhor Karmzadeh trabalha em seu escritório. Vê-se bem o círculo de luz do abajur, a parte de baixo do rosto pontudo e, um pouco mais abaixo, a mão dele, escrevendo. No primeiro andar, a mancha de luz circular no teto — é a lâmpada de cabeceira de Zoreh. Zoreh sempre teve o direito de ler na cama. É um privilégio de que ela não se dá conta. Na esquina em que fica a caixa de correio, viro à esquerda, sem qualquer indecisão. No entanto, tenho a impressão de entrar num túnel. Só um poste tem a lâmpada acesa: as outras foram quebradas a pedradas — Didier, evidentemente. Conheço a casa dele: é a que foi de Aïcha Benzecri, com quem estudei desde o maternal, minha melhor amiga. No jardim, o senhor Benzecri tinha plantado hortelã, e o cheiro — que se somava à doce acidez da salsa árabe — fazia a gente reconhecer a casa dele de olhos fechados.

Correndo como estou, acabo passando além da casa deles. Vou até o fim da rua, que tem a passagem impedida por uma grade. Volto em seguida, andando e escutando as batidas de meu coração, de forma a controlar a respiração, para que no interior de meu corpo a maquinaria dos órgãos funcione regularmente, como engrenagens bem ajustadas. Ao inspirar, tento recuperar os cheiros de hortelã e de coentro. De uma certa forma, Didier fez bem em quebrar todas as lâmpadas: sente-se melhor os cheiros, na noite escura.

Os cheiros do jardim de que o senhor Benzecri cuidava com carinho antes de partir com Aïcha para sempre, por causa das prestações da casa, estão quase sufocados pelo cheiro do entulho, da podridão. É preciso um esforço para reencontrá-los, procurar — apesar da tristeza —, pois Aïcha não me escreveu nunca mais, nem uma só carta, desde sua partida. Colo meu corpo junto à grade, escondida nos ramos de tuia que cresceram entre as malhas do arame e transbordam para a calçada. No jardim, as plantas estão todas abandonadas. Num canto do muro há uma espécie de construção inacabada; do lado, uma tigela cheia de sopa estragada, para um cachorro invisível.

No primeiro andar, uma janela está com a luz acesa — a única da rua. Na escuridão, ela brilha como a janela do senhor Karmzadeh. Não vejo ninguém durante um bom tempo. Depois, uma sombra se mexe no teto do quarto, atravessa o cômodo, se alonga e se posta, de repente, enorme, na frente da janela. O gordo Didier! As palavras de ódio retidas por todo o dia explodem dentro de mim sem encontrar a saída, fazem minhas mãos tremer. Escondida nos ramos de tuia, espio aquele que vou matar, porque tirou minha calcinha na frente de todo mundo, porque, por causa dele, fui vista como um macaco de que se ri quando ele coça a bunda.

Didier abre a janela de dois batentes. Ele se debruça para fora, perscruta a escuridão com inquietação, como se sentisse minha presença ameaçadora. Depois, se endireita, fecha a janela de novo.

Na hora em que se volta e aparece de perfil, vejo que tem um livro na mão. Os professores costumam dizer que ele é muito culto. E, no entanto, eu não o imaginaria lendo. A idéia de que pessoas tão opostas quanto Zoreh, o senhor Karmzadeh e o gordo Didier deixem de dormir para ler, sozinhos na cidade, depois que o filme acabou há muito tempo e todo mundo já se deitou, enfraquece minha decisão.

Na volta, paro um bom tempo na frente da janela iluminada do senhor Karmzadeh. Ele é um filósofo da luz. Os gestos dele são muito doces, na névoa dourada da lâmpada. Limpa os óculos, a mão retoma sua corrida pela página, depois pára. Sua caneta se levanta, flutua... Não vejo mais o rosto dele, mas sei que está fumando: assim que solta o ar, a fumaça sobe em grossos turbilhões pelo feixe luminoso. Ele aproxima um livro do círculo iluminado, depois o coloca de novo na penumbra. Aproxima um outro. A mão do senhor Karmzadeh vira as páginas com calma e força. Talvez sonhe com a democracia. A noite inteira lhe pertence, ele tem a luz.

Aqui fora, a névoa molha meus cabelos, minha roupa. Vou embora, correndo. Na frente de casa, não tenho mais força para subir de volta. Se não tivesse medo de que meu pai me surpreendesse, dormiria no gramado, apesar do frio. Mergulharia docemente num sono sem fim. Não teria mais que provar que não sou macaco. Não teria mais necessidade de saber se o gordo Didier é, ou não, um monstro.

A subida pelas escadas é um calvário. Preciso pensar em cada gesto, projetar por bom tempo a imagem de cada um deles antes de ter a força de realizá-lo. Meus braços tremem, minhas pernas tremem, meus dedos gelados não retêm mais nada. A imagem de Didier segurando aquele livro minúsculo na altura de sua barriga gorda me dá vontade de chorar. É preciso ainda subir pelo teto da garagem, pular a janela do banheiro, fechá-la de novo sem fazer barulho. Cada gesto custa muito caro em força e precaução. Para não bater em nenhum móvel por descuido, mudo minha roupa no meio do quarto.

No momento de tirar minha calcinha, minhas mãos param. Não consigo. Não tenho mais força nem para ficar em pé. Na minha mente, desfilam fazendo caretas os rostos de Didier, de Rambo, da senhorita Source, da senhora Beauchamp, da senhora Diélo, do senhor Masson, de Zoreh, de meu pai com suas veiazinhas vermelhas, de Aïcha que nunca me escreveu desde que foi embora. Giram a toda velocidade em volta de minha jaula, zombando de mim. Todos me apontam com o dedo. Bato com os punhos nas pálpebras, para mandar explosões de luz até aquela ciranda e expulsá-los de lá. Eles voltam, logo em seguida. Encho meus olhos de murros até que as lágrimas cheguem.

Quando as lágrimas atravessam a barreira de minha garganta, fechada há tantas horas, o ar escapa com um guincho.

Enfim, tenho força para tirar a calcinha. Eu a seguro na palma das mãos: enfio minha cara nela. Procuro o meu cheiro. Inspiro, bem no forro da calcinha, para ter a certeza de que meu cheiro não mudou, que em lugar de meu cheiro, de meu próprio cheiro, não vou encontrar um odor acre de macaco.

As lágrimas fazem trilhas compridas no algodão. Ponho a calcinha junto da minha bochecha, e a embalo. Com ela junto de mim, me enrolo como uma bola, debaixo da coberta. Enterro a cabeça no meu cheiro de garota. Eu não sou macaco.

CAPÍTULO IV

No dia seguinte, no colégio, todos me olhavam de rabo de olho. O diretor me leva para seu gabinete. Não tenta me fazer falar. Cheio de dedos — como se eu fosse uma débil mental ou uma louca — ele me explica que marcou para mim uma entrevista com um senhor muito gentil, que é o psicólogo escolar do centro médico-psico-pedagógico.

Vou para a aula. Na entrada, meu olhar cruza com o do gordo Didier. Ele é o único a saber que não sou mais a mesma: que meu rosto e meu agasalho parecem iguaizinhos aos de ontem, mas que, por dentro, tudo mudou. Os outros garotos não são muito inteligentes, ou talvez não tenham assistido à cena, ou — quem sabe? — já esqueceram. O olhar do gordo Didier não é mais o de ontem, rancoroso. Ele aperta os olhos, que desaparecem na gordura — como um míope que perdeu os óculos. Parece que não pode, que não quer mais ver. Será que imagina que vou matá-lo? Na certa. Junto com Zoreh, ele é o único que pode compreender isso.

O tempo se estica além do normal. Não passa. Gruda. É cola. Estamos todos colados no tempo imóvel. Os professores me lançam, a toda hora, uma olhada rápida, como se me vigiassem, temendo uma manifestação imprevista, ou como se perguntassem a si próprios em que animal estranho eu tinha me transformado.

Depois do recreio, uma inspetora me leva ao centro médico-psico-pedagógico, que todo mundo chama de ceemepepê. Fica ao lado da escola, um portão enorme pintado de verde, largo e alto como se fosse a entrada de um castelo, embora o prédio seja ridiculamente pequeno. Esperamos no corredor. Tem outros jovens aqui, com deficiências visíveis. Tenho vontade de fugir. E se fossem me tomar por uma mongolóide e me meter num hospício sob o pretexto de que eu não sou macaco?

Faz um calor terrível aqui dentro. Para fazer um calor assim, as pessoas que eles recebem devem ser geladas internamente. O ar gruda em mim, me sufoca. É preciso que eu me obrigue a respirar. É preciso que me concentre para falar: se não quero ir parar num hospício, é preciso que fale com o psicólogo.

Uma cara de lua com cabelos lisos de chinês, caindo nos olhos, e maneiras educadas. Ele me fala baixinho:

— Então, então? As coisas não andam bem? Você está de saco cheio?

Faço que sim com a cabeça. Aliás, é verdade que estou cheia, mas de quê? Em seguida, desenrola um longo discurso sobre a dificuldade de existir, o sentimento que se tem de estar preso nas regras da família, do colégio. Balanço a cabeça, concordo com os olhos, é isso mesmo. Levamos um bom tempo nisso. Em certo ponto, ele me pergunta:

— O que é que você teria vontade de fazer?

Levo um tempo incrível para me recompor e pronunciar as duas palavras. Tenho a impressão de que meus lábios estão congelados, mas me concentro e, ao fim, consigo articular:

— Um esporte.

Ele põe em mim os olhos arregalados de alguém que acaba de descer uma escada de barriga. Repete, incrédulo:

— Um esporte?

Sem dúvida esperava outra coisa. Um caso como o meu talvez responda comumente algo do gênero: "Tenho vontade de ter asas, queria fugir para a Amazônia, gostaria de ser raptada por personagens fantásticos, assassinos e tudo o mais..." Minha resposta não é adequada. Ele pigarreia e repete, impressionado:

— Um esporte... por que não?

Após um longo silêncio, ele pergunta:

— Que esporte?

Mas não tenho mais força para falar. Ele compreende. Começa, então, a recitar a lista:

— Futebol? Judô? Caratê?

Passamos em revista todos os esportes de combate, todos os esportes masculinos. Não digo nada. Olho para ele. Já faz uma idéia do meu caso — é claro. À medida que vai desenrolando em vão sua lista, seu rosto vai assumindo um ar arrependido. Pode ser mesmo que eu esteja começando a irritá-lo. Depois, ele se volta para esportes mais femininos:

— Dança? Sapateado? Patinação no gelo?

Depois de uma boa meia hora, pronuncia, enfim:

— Ginástica olímpica?

— Ufa! — fazemos ambos, cada qual de seu lado. Chegamos a acreditar que não conseguiríamos nunca!

Foi ele, então, que se virou para me inscrever na Associação Esportiva no meio do ano, para convencer meu pai de que é útil — mesmo para uma garota frágil como eu — fazer ginástica olímpica; para convencer minha mãe de que não é indecente que uma garota como eu ande por aí de *short* — durante as aulas de ginástica, é claro. Mas meus pais não conseguiam se decidir, porque o horário é terça-feira, à noite, das 19 às 21 horas, e não se pode deixar uma garota frágil como eu andar por aí a uma hora dessas. Não sei quem contou ao senhor Karmzadeh, que telefonou para tranqüilizá-los: sua própria filha, Zoreh, minha amiga — de uma moralidade irrepreensível, iraniana que é —, tinha se inscrito no mesmo curso e me acompanharia. Será que Zoreh tinha contado tudo ao pai dela? Tudo o quê? Que o gordo Didier tinha tirado minha calcinha na frente de todo mundo, como se eu fosse macaco? Que quero matá-lo? Por trás de alguns milagres, pode-se encontrar, às vezes, um cheiro de trapaça.

Terça-feira é daqui a quatro dias.

Durante toda a sexta-feira, não fiz outra coisa senão observar Didier. Minhas antenas, levantadas direto, captavam todas as palavras dele: grosserias — a maior parte do tempo —, insultos lançados a um ou a outro. Na aula de francês, contou uma história que havia escutado na televisão (curiosamente, foi o único a tê-la escutado): um esquizofrênico que mata e não sabe que é um assassino, pois é um outro dentro dele que mata. Ele falou um bocado de tempo. Sentia-se que tinha pensado muito sobre essa história. O senhor Masson estava muito espantado que um aluno da sétima série tivesse tal conhecimento sobre psiquiatria. Quando se sentou de novo, o gordo Didier me olhou nos olhos, com todo o sentimento que se pode pôr num olhar, como se me pedisse perdão. Não o perdoarei antes de tê-lo matado — isso é certo. Eu não sou macaco, e não é para nada que estou — há uma semana — economizando minhas forças no silêncio.

Durante o fim de semana, compras, faxina, deveres de casa: coisas que a gente faz sem falar. Como em nossa casa ninguém fala na hora da comida, meu silêncio não chama a atenção.

Na noite de sábado para domingo, eu saí. Fiquei um bocado de tempo escondida entre os ramos de tuia, à espreita. O gordo Didier, o pai e a mãe estavam aos berros. Eu não compreendia por quê. Talvez brigassem sem ter uma verdadeira razão. No princípio, a mãe se punha ao lado do gordo Didier, contra o pai. Se insultavam. Depois, o gordo Didier se voltou contra a mãe. Numa hora, os pais se aliaram contra ele, mas isso não durou muito tempo. Muito rápido, eles se viraram, todos três, uns contra os outros. A violência das palavras deles me tirava o fôlego. Mesmo em minha casa, quando meu pai e minha mãe brigam, ou quando ralham conosco, não pronunciam palavras semelhantes, palavras sujas e mortíferas como aquelas. Num certo momento, Didier se aproximou do pai — que é mais baixo e bate na altura do ombro do filho —, como se fosse bater nele. Levantou a mão. O pai se protegeu com o cotovelo: então, a mesma careta que Rambo me fez transtornou o rosto do gordo Didier. Avançando o lábio inferior com desprezo, olhou o pai como se cuspisse no rosto dele. Depois, virou as costas, empurrou com toda força a mãe, que caiu em cima da geladeira: eu jamais poderia suspeitar que pais e filhos se falassem daquela forma, com aquele tipo de gestos.

De repente, o gordo Didier apareceu no vão iluminado da porta de entrada. Estava a três metros de mim. Avançou ainda por uma calçada minúscula (forrada pelo senhor Benzecri de pedras brancas, agora quase inteiramente recobertas de terra). Ofegava na escuridão como um cachorro cansado. Colada contra o aramado, misturada aos galhos, eu fechava os olhos de medo.

Um barulho de vasilha virada a pontapés, um pigarro, um grunhido — um soluço? Didier, o gordo, seria capaz de chorar? Um barulho de chave na fechadura. O que é que está aprontando? Vai entrar em casa? Não. O cascalho estala debaixo dos pés dele, bem perto de mim. O portão range. Seu vulto maciço se mexe no escuro. Se estendesse a mão, eu podia tocá-lo. Prendo a respiração. Como será possível não escutar o escândalo de meu sangue nas veias? Ele passa rente a mim, fungando. Está chorando.

Apesar da noite escura, posso segui-lo, de longe, sem dificuldade, tal é o barulho que faz raspando as solas no chão. Nunca tinha prestado atenção em até que ponto ele arrastava os sapatos: o próprio peso o esmaga. Através dos bairros bem delimitados da cidade nova, ele se dirige, sem hesitar, para a auto-estrada. A gente não vai nunca para lá: é expressamente proibido. A auto-estrada é cercada de grades altas. Num determinado ponto, uma passarela, enfeitada com pequenas vigas entrecruzadas, permite aos pedestres atravessarem por cima dos carros, para alcançar a antiga cidadezinha. Várias vezes, os pais fizeram abaixo-assinados à prefeitura solicitando que retirassem essas vigas, que servem para os garotos brincar de escalar. O que o gordo Didier vai fazer na passarela? Eu o sigo, de longe. Como nos filmes, espero que tenha dobrado uma esquina, para continuar indo atrás dele. Decididamente, na televisão, a gente aprende um monte de coisas úteis para a vida de todo dia.

Atravessamos primeiro os canteiros de obra. É um bairro novo que está sendo construído. Terreno cavado, buracos, colinas, fossas cheias de água suja, embalagens plásticas. Nenhuma iluminação. E, no entanto, Didier avança sem hesitar. Conhece este lugar como a palma da mão. Escorrego numa poça. A água está gelada, mas sinto muito calor. O gordo Didier sobe a passarela. Eu me escondo e espero ele chegar do outro lado, para subir por minha vez. Mas ele pára no meio e se põe a escalar as vigas. Durante um bom tempo, não consigo vê-lo. Quando reaparece, está de pé sobre a viga mais alta de todas. Olha na minha direção. Será que sabe, desde o início, que o estou seguindo? Ou, muito simplesmente, como cão que é, farejou minha presença? Abaixo, os carros passam a toda velocidade. Eu me preparo para o pior: ele sabia que eu o estava seguindo. Ele me arrastou até lá para que eu veja o que vai fazer. Levanta os braços, toma impulso! Fecho os olhos, com todas as minhas forças.

Espero um frear de pneus, um barulho de ferragens.

Acabo escutando um barulho idiota, um forte "bum!" sobre a prancha de madeira da passarela: ele saltou para trás; seus passos se afastam na direção da cidade antiga.

Eu o detesto ainda mais por causa desse falso suicídio. Mas é inegável que este cachorro possui bem o sentido do drama. Minhas pernas estão tremendo. Se não tenho mais força, como vou poder matá-lo?

De repente, sei aonde ele está indo. Tão claro! Atrás de uma fachada alta, por onde só passam as flores da glicínia, a casa de Élise, tão bela, tão refinada, tão doce, tão rica quanto Élise. Na frente do portão de entrada em madeira grossa, o gordo Didier fica de pé. Os olhos fixos numa janela, o rosto levantado para as alturas — quem o vir assim vai dizer que ele está bêbado.

Voltei para casa, correndo. Não pensava em nada. Mas, logo que me deitei, fui tomada pelo medo. Os monstros também se apaixonam? Agora que eu o vi, que verdadeiramente vi o gordo Didier, teria a força de matá-lo? Será que ia ter feito tudo isso, o silêncio, as horas sem saída, o psicólogo, a ginástica olímpica, a espreita na noite, para nada?

No entanto, não precisava ter esse receio. Segunda-feira de manhã, recuperei minha determinação. O gordo Didier e Rambo imprensavam os garotos da quinta série num canto, abriam as mochilas deles, estragavam os lanches embrulhados com cuidado pelas mães, e os mandavam embora com um par de tapas, para o caso de terem vontade de contar para alguém. Os outros garotos olhavam de longe, caçoando. As garotas ficavam com raiva, mas não tinham coragem de intervir. Ninguém queria denunciá-los à secretaria, que detestávamos.

Como eu continuava a não dizer uma palavra, os colegas da turma, os professores e os inspetores eram muito gentis comigo. Falavam baixo, me tocavam o ombro com doçura, se inclinavam junto de mim. Tal solicitude, no colégio, me deixava doida. E eu nem podia tirar proveito disso: esperava com a maior impaciência, o dia seguinte — terça-feira!

CAPÍTULO V

No ginásio, logo na entrada, vi Élise, que treinava exercícios nas barras. Sentada na barra inferior, ela se concentra. Suas longas pernas, envolvidas em meias do mesmo cinza claro que o *collant*, se balançam de forma imperceptível. Num só movimento, seu corpo delgado se eleva, a barriga roça a barra superior, as pernas se esticam em direção às alturas, como se os pequenos pés, tensos e moldados nas sapatilhas combinando com o resto da vestimenta, a atraíssem irresistivelmente para o céu: suas costas se curvam flexíveis, para trás. Os longos cabelos soltos flutuam. É um pássaro que torna a descer dos céus, com toda naturalidade, e se imobiliza, sem um tremor, vários metros adiante.

Nós a aplaudimos. O professor de ginástica da oitava série, o de bíceps enormes, o senhor Chousse, que podemos chamar Jean-Claude porque estamos na Associação Esportiva, põe os olhos arregalados em Élise. Como está bronzeado do esqui, fica com os olhos realmente brilhantes.

O gordo Didier berra no corredor. Abre a porta com um pontapé. Num segundo, seu rosto vermelho, hilário, aparece. Atrás dele, na porta entreaberta, o inevitável Rambo berra, fazendo eco. Agora que sei o que sei, os gritos do gordo Didier não me deixam raivosa como antes. Os gritos de Rambo, sim. Ele é um verdadeiro macaco, um gorila mesmo.

Depois é minha vez. Também treino nas barras. A professora de ginástica, que chamamos por seu primeiro nome, Monique — porque estamos na Associação Esportiva —, foi sem dúvida avisada de meu caso pelo diretor. Ela me felicita fervorosamente quando me saio bem, elogia minha leveza. Mas quero exercícios para treinar a força dos braços: argolas, flexões nas barras e no chão. Monique vem me dizer que tudo isso é para os garotos, e que meu corpo feminino combina melhor com as barras assimétricas. Aceito fazer as barras, por causa de Élise — sua beleza, sua luminosidade, sua roupa de ginástica *hyper clean*, suas pulseiras de ouro que tilintam, as fitas fluorescentes rosa e verde nos longos cabelos louros me puxam para junto dela. Jean-Claude também parece aspirado por ela. Ela é mais do que bela: é perfeita. Tem tudo, riqueza, beleza, inteligência, elegância. Verdade que, pelo tamanho dele, fica difícil comparar o gordo Didier ao verme apaixonado por uma estrela, mas a relação é exatamente essa. Zoreh, uma iraniana cor de ameixa, olha para a luminosidade dourada de Élise com olhos deslumbrados.

No vestiário, Zoreh fala normalmente comigo. Ela me levou para um outro canto, diferente daquele em que estávamos no dia em que o gordo Didier tirou minha calcinha. Com toda naturalidade, formula as perguntas e as respostas. Ela me conhece tão bem que as respostas que dá são aquelas que eu mesma daria. Sente que tenho necessidade de escutar palavras, que elas escorrem por cima de mim porque, interiormente, as que retenho há tanto tempo me fazem mal. Incham no meu peito e na minha garganta. É pior do que quando se comeu muito, e a pele da barriga se estica como se fosse arrebentar. Zoreh talvez não imagine que eu vá matar o gordo Didier, mas sente que estou a ponto de explodir. Faz carinho nos meus cabelos. Arruma minhas coisas. Segura no meu pescoço e me beija. Encolho o meu corpo e mantenho bem resguardada minha força interior, para não vir a perdê-la em lágrimas inúteis. Zoreh é de uma doçura de fazer qualquer um chorar, mesmo o gordo Didier, que escutamos gritar com Rambo no corredor. No momento em que saímos, ele corre atrás de Élise, que se dirige ao pátio em que as bicicletas ficam estacionadas. Vou atrás deles. Sem fazer perguntas, Zoreh vem comigo, ainda que não tenhamos bicicleta — nem uma, nem outra. Ouvimos o gordo Didier chamar, numa voz incrivelmente mudada, quase doce:

— Élise! Élise! — e a zombaria de Rambo responde, em eco:

— Deixa pra lá! São todas umas piranhas!

Na entrada do pátio, ao escutar seu nome, Élise se volta: iluminada pelo refletor, o rosto dela brilha na noite. Quando reconhece Didier, quando se dá conta de que foi ele que teve o atrevimento de segui-la, de chamá-la, tem um sobressalto de medo, logo substituído por uma tal expressão de nojo que o gordo Didier fica pregado no chão. Não é preciso acrescentar uma palavra.

O gordo Didier dá meia-volta bruscamente. Corre pelo gramado em direção à entrada do ginásio. De passagem, dá um tapa em Rambo, plantado no canto do prédio, com o deboche estampado na cara. Zoreh e eu corremos atrás. Ouvimos os golpes, antes de ver e de compreender.

Aos murros, o gordo Didier está quebrando a porta do ginásio. A madeira se racha, as lascas voam em torno dele. Jean-Claude e Monique se precipitam para agarrá-lo pela cintura, mas recuam de imediato. Jean-Claude volta à carga, o rosto possuído pela fúria. Com os bíceps de halterofilista e a raiva nos olhos, também parece um gorila. Bate com força, por trás, no gordo Didier, ocupado em quebrar a porta. Vai procurar um bastão de beisebol para golpeá-lo, mas o gordo Didier sente o perigo. Volta-se, pesado e, ainda assim, ágil: enfrenta Jean-Claude armado com o porrete. Rosna, e a baba escorre da boca aberta. Monique grita a plenos pulmões:

— Chamem a polícia! Chamem a polícia!

Zoreh e eu ficamos na soleira do ginásio, estáticas. Num gesto tão rápido, que só deu para perceber depois, Didier arranca o porrete das mãos de Jean-Claude, que fica com os braços balançando e o medo nos olhos com brilho de bronze. Em seguida, ele aplica um golpe enorme na porta, que se abre como um papelão. Monique corre para a secretaria. Jean-Claude se recupera e pula em cima do gordo Didier, que se esquiva. Jean-Claude perde o equilíbrio, mas se recupera no último momento. Didier cai em cima dele. A boca escancarada, vermelha, cheia de baba, ocupa todo o rosto dele. As mãos enormes se arremessam para a frente, à espera de quem se aproximar. Mas, atrás dele, na ponta do corredor, chega Rambo, armado de um outro bastão de beisebol: já que o gordo Didier não é mais o chefão, já que ele mostrou sua fraqueza, o outro está pronto para traí-lo. Ouvem-se as sirenes da polícia. Minha mão se levanta na direção da fileira de interruptores e apaga as luzes. É minha mão, ainda, que agarra o pulôver do gordo Didier e o puxa para a saída.

Depois dos golpes, dos gritos, do martelar dos murros, do estrondo da porta arrebentada, faz um silêncio surpreendente, rasgado pelas sirenes dos carros de polícia mais e mais próximos. O gordo Didier nos segue sem qualquer resistência. Zoreh corre na minha frente. Quando chegamos lá embaixo, sussurro em seu ouvido:

— Para os canteiros de obra.

Essas palavras, enfim pronunciadas, fazem o ar se descomprimir em meu peito. Respiro um pouco melhor. Minha garganta me incomoda menos. Corremos. Atrás de nós, o gordo Didier está ofegante. Atravessamos as moitas espessas, plantadas atrás dos conjuntos residenciais, para indicar que a cidade acaba ali. Adiante, os canteiros, às escuras. O gordo Didier parece escolher a primeira poça, para escorregar e se estatelar dentro dela. Cai no chão, de cara na lama. Grita vergonhosamente e esfrega as patas gordas e nojentas na cara. Zoreh dá um pontapé nele:

— Cala essa boca! Você vai nos denunciar.

Jamais teria imaginado a doce Zoreh nesse papel de *cowboy*, mas, enfim, também ele lhe cai bem. O céu é rasgado pelos clarões laranja e azul das sirenes. É um barulho insuportável, uma imagem de guerra. Detesto o gordo Didier, mas não quero que as sirenes o levem embora. Zoreh toma o comando dos acontecimentos:

— Vamos para minha casa. Lá, a gente vai poder pensar.

Não digo nada, mas estou de acordo. Se houver um lugar na cidade onde deve ser possível pensar, é lá. Mas é bem exatamente do lado oposto aos canteiros. Vai ser preciso atravessar de novo toda a cidade, rasgada pelas sirenes. Zoreh decide que vamos dar a volta pelas plantações. Vai levar horas. Os campos de beterraba, absolutamente planos, se estendem a perder de vista. A cidade está acima deles, rodeada de moitas, para assinalar bem os seus contornos, exceto do lado da auto-estrada. É preciso passar primeiro pela proteção das moitas. Andamos. A terra, revolvida pelo cultivo, gruda nos sapatos. Mas esta noite, essa superfície escura e calma, alisada pelo vento, abre meus pulmões. A imensidão dos campos me acaricia. O gordo Didier não diz nada. Avança como um sonâmbulo. Andamos dentro da noite com os pés mais e mais pesados de barro. Por muito tempo, as sirenes atravessaram a cidade em todos os sentidos. Não se ouve mais nada, agora.

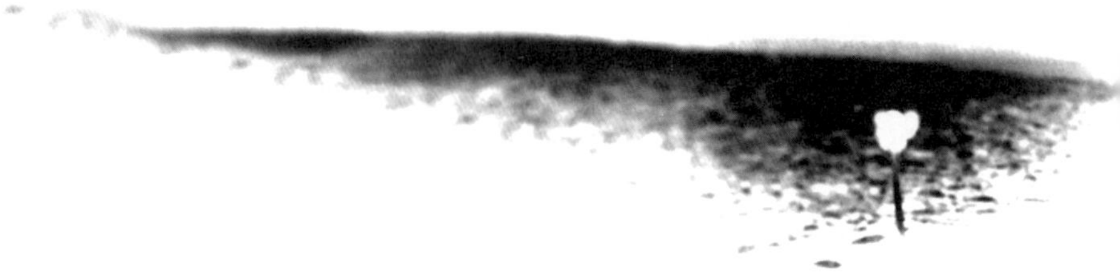

CAPÍTULO VI

O escritório do senhor Karmzadeh está aceso. Ao ouvir o rangido do portão de ferro, ele levanta a cabeça. E, no entanto, Zoreh abriu-o com tal delicadeza que eu, ao lado dela, não escutei nada. O senhor Karmzadeh possui um sexto sentido. Sem acender a luz do corredor, ele nos abre a porta. Logo depois a fecha e nos conduz para a sala de visitas, que dá para o jardim. As cortinas duplas estão puxadas.

Quando Didier entra, coberto de lama, as mãos como batatas ensangüentadas, todos os olhares se viram para ele, cujos tênis nojentos vão deixando um rastro sobre os belos tapetes. Mas ninguém parece prestar atenção nesse detalhe. Ninguém diz nada.

Diante da televisão ligada, a senhora Karmzadeh lia o jornal, esperando as notícias. A senhora Karmzadeh é uma viciada em notícias. Sabe muito bem, no entanto, que hoje não há nada de bom para ela. Se me perguntasse, poderia recitar o boletim: já o tinha escutado quatro vezes. "Continua a guerra entre cidades, no Golfo. Em resposta aos ataques iranianos, seis mísseis terrestres foram lançados contra Teerã. As autoridades lamentam a morte ou o desaparecimento de uma centena de civis." A notícia seguinte é sobre o gorila que escapou do zoológico de Bordeaux, para matar o menininho que zombava dele; em seguida, o resultado das corridas e a meteorologia, mas nada disso interessa, com certeza, à senhora Karmzadeh.

Após o longo silêncio causado pela surpresa da aparição de Didier, ela se levanta precipitadamente e aperta Zoreh contra o peito. Zoreh acaricia o rosto da mãe. As duas não dizem nada, mas os olhos falam por elas. Penso, de repente, que meus pais devem estar preocupados comigo. Talvez tenham até avisado a polícia. Peço para telefonar, mas o senhor

Karmzadeh me tranqüiliza: tinha ligado para eles há um bom tempo, para perguntar se eu podia ficar para dormir com Zoreh. Assim, não ficariam alarmados com a hora tardia de nossa chegada. O senhor Karmzadeh fala com a sabedoria de um livro, mas olho para ele com desconfiança: não seria perfeito demais para ser honesto? Ele me sorri com bondade. Tenho vergonha, sem saber ao certo de quê.

Nossos pés cheios de lama mancham os tapetes de pássaros escondidos no fundo das folhagens. O senhor Karmzadeh nos diz para tirar os sapatos, enquanto serve o chá. Ele tem sempre chá pronto no samovar, a qualquer hora do dia ou da noite.

Sentamos e ficamos calados. O ar da noite e a caminhada acalmaram o gordo Didier. Olha para as mãos, pousadas nos joelhos, inchadas, roxas, as feridas abertas sangrando ainda. Os murros que deu arrebentaram toda a pele em cima das falanges; a carne foi cortada pela madeira. Com a unha do mindinho esquerdo, Didier fica raspando uma grande lasca preta, na palma da mão direita. A senhora Karmzadeh volta com uma pinça, algodão e álcool. Pega a mão de Didier, dizendo que é preciso tirar aquilo e limpar, antes que infeccione. Ele deixa.

Ouvimos a televisão, sem escutá-la de verdade: as notícias são as mesmas do jornal das sete e das oito horas da manhã, as mesmas no *flash* das sete da noite, que se repetem ainda no jornal das oito, antes da ginástica. Ouço pela quinta vez a notícia dos mísseis terrestres, depois a história do gorila de Bordeaux, arrombando a jaula para despedaçar o guri que ria dele. Pela quinta vez, os pais em lágrimas, e o guarda do zoológico explicando que não se deve zombar dos animais.

Sob a luz da lâmpada, o gordo Didier se entrega à doçura da senhora Karmzadeh.

— Como pode alguém chegar a semelhante estado? — murmura ela, como se falasse sozinha. O gordo Didier balança a cabeça com os olhos cheios de lágrimas.

— A senhora não pode imaginar. Ela é tão linda... E aquele professor fica paquerando ela! A senhora não pode imaginar...

Ela olha para ele:

— Claro que posso! Você acha que eu não tenho vontade de derrubar portas às vezes? Que eu não adoraria me vingar daqueles que tomaram tudo de mim, no meu país? Mas só os gorilas se vingam.

Iluminada pela luz do abajur, a senhora Karmzadeh tem a voz doce e fala com tanta convicção que nosso desejo é acreditar nela. E, no entanto, ela bem sabe que o gordo Didier, prostrado em seu sofá esta noite, amanhã será um cachorrão enraivecido. Sabe que ele tirou minha calcinha. Que, sem nenhum motivo, ele me atacou.

De pé, na claridade do lustre, com seu cachimbo e sua xícara de chá, o senhor Karmzadeh pigarreia:

— Hum, hum... — mesmo não pronunciando palavra alguma, ele quer dizer que as palavras de sua esposa não encerram de vez a discussão.

Zoreh olha para mim de longe, em pé ao lado do pai. Ela — ela sim — compreende. Sabe que neste momento eu queria e não queria matar o gordo Didier, chorar e não chorar nunca mais, falar e me calar para sempre.

Se só os gorilas se vingam, o que é que eu vou fazer, eu, que não sou macaco?

Queria encolher e andar até os grandes olhos negros de Zoreh, atravessar a espessa moita de cílios muito doces que os envolve, ficar um bom tempo aninhada na beira da superfície morna, mergulhar depois nas águas profundas, e aí me lavar.

Edição
Izabel Aleixo
Daniele Cajueiro

Revisão de tradução
Janaína Senna

Revisão
Anna Carla Ferreira
Cecilia Bandeira
Patrícia Reis

Produção gráfica
Ligia Barreto Gonçalves

Ilustrações, projeto gráfico e diagramação
Lian Wu

Este livro foi impresso em São Paulo, em fevereiro de 2005,
pela Lis Gráfica e Editora, para a Editora Nova Fronteira.
A fonte usada no miolo é NewMeta, corpo 11,3/18.
O papel do miolo é Master Set 90g/m², e o da capa é cartão Royal 250g/m².

Visite nosso *site*: www.novafronteira.com.br